Dieses Buch gehört

Liebe Eltern,

mit der Weltsprache Englisch kommt Ihr Kind im Alltag häufig in Berührung. Wir wollen es beim Englischlernen unterstützen.

Unsere Bücher mit der liebenswerten Bildermaus enthalten kurze Geschichten auf Deutsch und auf Englisch mit einfachen Sätzen sowie großer und leicht lesbarer Schrift. Hauptwörter werden durch kleine Bilder ersetzt. Lesen Sie die Geschichten vor und lassen Sie Ihr Kind die Bilder selbst benennen. Auf jeder Seite finden Sie eine Bild-Wörterliste mit den einzelnen Vokabeln. Dadurch fällt es leicht, die neuen Wörter gemeinsam zu wiederholen und zu üben.

Spielerisch Englisch lernen mit der Bildermaus – so macht Lesen Spaß!

Have fun!

Ihre Bildermaus

Bildermaus

Mit Bildern Englisch lernen

Udo Richard

Delfingeschichten
Dolphin Stories

Illustriert von Sabine Kraushaar
Übersetzt von David Ingram

Loewe

Udo Richard wurde 1966 in Halle/Westf. geboren. An den Universitäten Bamberg und Columbia, S.C., studierte er Germanistik mit den Schwerpunkten Literaturwissenschaft und Literaturvermittlung. Danach arbeitete er mehrere Jahre in der Redaktion eines großen Kinderbuchverlags. Seit Mitte 1999 schreibt und übersetzt er Kinderbücher.

Sabine Kraushaar zeichnete schon, als sie gerade mal einen Bleistift festhalten konnte. Ihr großer Traum war es, später Kinderbücher zu illustrieren. Sie studierte Grafik an der Kunstakademie in Maastricht. Danach machte sie sich selbstständig. Und 1995 ging ihr Kindheitstraum in Erfüllung.

FSC
www.fsc.org
MIX
Papier aus verantwortungsvollen Quellen
FSC® C109273

ISBN 978-3-7432-1254-1
1. Auflage 2022
Überarbeitete Neuausgabe des Titels *Bildermaus – Geschichten vom kleinen Delfin*

Ins Englische übersetzt von David Ingram
Umschlagillustration: Lisa Althaus
Innenillustrationen: Sabine Kraushaar
Umschlaggestaltung: Elke Kohlmann
Vignetten Bildermaus: Angelika Stubner
Reihenlogo: nach einem Entwurf von Angelika Stubner

Printed in the EU

www.bildermaus.de

Inhalt

Tobby und die Tierkinder

Der kleine  stützt den 

in die  und denkt nach:

„Ich würde ja zu gerne mal mit

kleinen  spielen.“

Tobby and the Young Animals

The little  rests his  on his  and thinks: “I would love to play with little .”

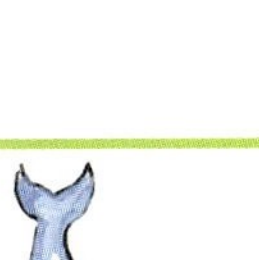 dolphin

 flippers

 head

 whales

„Oder mit kleinen ! Am liebsten ‚Fang den ‘ oder vielleicht auch ‚  versenken‘!“

"Or with little ! Games like 'Catch the ' or maybe 'Sink the ' would be great!"

 turtles

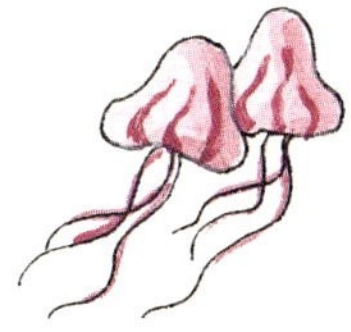 jellyfish

 crab

Der kleine  schwimmt los.

Als Erstes trifft er Kalli .

Aber komisch! Kalli mag gar

nicht ‚Fang den ‘ spielen.

Er zwackelt wild mit seinen .

The little  swims off.

First, he meets Kalli .

It's strange – Kalli doesn't like

playing 'Catch the ' at all.

He wildly shakes his .

 dolphin

 claws

 crab

Da schwimmt Tobby lieber

schnell weiter. Als Nächstes sieht

der kleine  Susi  auf

einem  liegen. „Butschi-

butschi bäh!“, macht Susi.

So Tobby quickly continues

swimming. Next, the little 

sees Susi  lying on a .

“Goo-goo ga-ga, goo!” goes Susi.

 dolphin

 rock

 starfish

„Die ist ja noch ein !“, denkt der kleine  und schwimmt weiter. Dort, wo das  ganz tief ist, sieht Tobby Willi .

"She's just a !" thinks the little  and keeps swimming.

Where the  is very deep,

Tobby sees Willi .

	baby		sea
	dolphin		whale

Aber leider ist selbst ein sehr

kleiner  viel zu groß

für einen kleinen .

But sadly, even a very

small  is much too big

for a little  .

	whale		dolphin

Schließlich trifft Tobby Siggi .

Siggi balanciert einen roten 

auf der . „Cool!“, sagt Tobby.

„Darf ich auch mal probieren?“

„Klar!“, sagt der kleine .

Finally, Tobby meets Siggi .

Siggi is balancing a red 

on his . “Cool!” says Tobby.

“Can I try too?”

“Sure!” says the little .

 seal

 nose

 ball

Er patscht ihm den  mit

der  zu. Auch Tobby kann

den  balancieren – auf

seinem . „Toll!“, ruft Siggi

und klatscht in die .

He passes the  to him with

his . Tobby can also balance

the  – on his .

“Great!” shouts Siggi and claps

his .

	ball		beak
	tail fin		flippers

Der kleine  und der

kleine  machen ab jetzt

immer alles gemeinsam.

Und ‚Fang den ‘ spielen?

Das tun sie auch!

From now on, the little 

and the little  always do

everything together. Also playing

'Catch the '? Yes, they do

that too!

	dolphin		crab
	seal		

Die traurige Seejungfrau

Auf einem  sitzt eine kleine  in der  und weint bittere . Es ist Lissy, die  des .

The Sad Mermaid

A little  sits on a  in

the  and cries bitter .

It is Lissy, the  of the .

	mermaid		tears
	rock		queen
	sun		sea

Tobby streckt den 

aus dem . „Was ist denn

los, Lissy?“, fragt der kleine 

besorgt.

Tobby sticks his 

out of the .

“What’s wrong, Lissy?” the

little  asks, worried.

 head

 dolphin

 water

„Ach, Tobby“, schluchzt die

kleine , „ich habe meine 

hier zwischen den  verloren.“

„Ich helfe dir suchen!“, ruft der

kleine  und ist schon in

den  verschwunden.

"Oh, Tobby," sobs the little ,

"I've lost my  here among

the ."

"I'll help you look for it!" the

little  calls and quickly

disappears under the .

 mermaid

 dolphin

 crown

 waves

 rocks

Er schwimmt zu dem alten  ,

das bei den  gesunken ist.

Hier arbeitet Horst, der  .

Er hat immer viel zu tun. Gerade

sägt er neue  zurecht.

He swims to the old 

that sank by the  .

Horst the  works here.

He always has a lot to do.

Right now he is sawing

new  .

 ship

 sawfish

 rocks

 masts

„Hast du zufällig Lissys 

gesehen?“, fragt Tobby.

„Nee“, knurrt der  und

sägt weiter.

“Have you seen Lissy’s 

by any chance?” asks Tobby.

“Nah,” growls the  and

continues sawing.

 crown  sawfish

Glibby, die , weiß auch

von nichts. Sie schüttelt nur

traurig den  und wallt wie

ein  davon.

Glibby the  doesn’t know anything either. She just shakes her  sadly and flutters away like a .

	jellyfish		ghost
	head		

Plötzlich sieht Tobby etwas

im  blitzen. Da ist Ingo,

der . In seinen  hat

sich Lissys  verfangen.

Suddenly Tobby sees something flashing in the . It's Ingo the . Lissy's  is caught in his .

	seaweed		crown
	sea urchin		spines

„Danke!“, ruft der , als ihn Tobby von der schweren  befreit. „Danke! Danke!“, jubelt auch die kleine  erleichtert.

"Thank you!" says the  when Tobby frees him from the heavy . "Thank you! Thank you!" cheers the little , relieved.

 sea urchin

 mermaid

 crown

Die  glitzert endlich wieder auf ihrem . „Ach, Tobby, du bist der liebste  auf der ganzen !“, sagt Lissy.

Dann umarmt sie ihn und gibt ihm einen dicken .

The  finally glitters on her  again. “Oh, Tobby, you’re the sweetest  in the whole !” says Lissy. Then she hugs him and gives him a big .

	crown		world
	head		kiss
	dolphin		

Die Wörter zu den Bildern:

Delfin

Kopf

Flossen

Wale

Schildkröten

Krebs

Quallen

Scheren

Seestern

Fels

Baby

Meer

Seehund

Ball

Nase

Schwanzflosse

Schnabel

Seejungfrau

Sonne

Tränen

Königin

Wasser

Krone

Wellen

Schiff

Sägefisch

Masten

Geist

Seetang

Seeigel

Stacheln

Welt

Kuss